W0205923

Même pas vrai

Catalogage avant publication de Bibliothèque et Archives nationales du Québec
et de Bibliothèque et Archives Canada

Tremblay, Larry, 1954-
Même pas vrai
Nouvelle édition.
Édition originale : [2016].
ISBN 978-2-89714-294-0
I. Perreault, Guillaume, 1985- . II. Titre.

PS8589.R445M45 2017 C843'.54 C2017-942086-0
PS9589.R445M45 2017

Direction littéraire et artistique : Jennifer Tremblay
Illustrations, conception graphique et mise en pages : Guillaume Perreault
Révision linguistique et correction d'épreuves : Michel Therrien

Dépôt légal : 4e trimestre 2017
Bibliothèque et Archives nationales du Québec
Bibliothèque et Archives Canada
© Les Éditions de la Bagnole, 2017
Tous droits réservés pour tous pays
ISBN : 978-2-89714-294-0

LES ÉDITIONS DE LA BAGNOLE
Groupe Ville-Marie Littérature inc.
Une société de Québecor Média
1055, boulevard René-Lévesque Est,
bureau 300
Montréal (Québec) H2L 4S5
Tél. : 514 523-7993
Téléc. : 514 282-7530
Courriel : info@leseditionsdelabagnole.com
leseditionsdelabagnole.com
Vice-président à l'édition : Martin Balthazar

DISTRIBUTION EN AMÉRIQUE DU NORD
Canada et États-Unis :
Messageries ADP inc.*
2315, rue de la Province
Longueuil (Québec) J4G 1G4
Pour les commandes : 450 640-1237
messageries-adp.com
* Filiale du groupe Sogides inc. ;
filiale de Québecor Média inc.

Les Éditions de la Bagnole bénéficient du soutien de la Société de développement des entreprises culturelles du Québec (SODEC) pour leur programme d'édition.
Gouvernement du Québec – Programme de crédit d'impôt pour l'édition de livres – Gestion SODEC.
Nous remercions le Conseil des arts du Canada de l'aide accordée à notre programme de publication.

Financé par le gouvernement du Canada | Canada

Texte de Larry Tremblay
Illustrations de Guillaume Perreault

Même pas vrai

LES ÉDITIONS DE LA BAGNOLE
Une société de Québecor Média
leseditionsdelabagnole.com

Même quand il ne
se passe rien, il arrive
quelque chose.

Pour Marilyn et Mario
L. T.

Pour Joey
G. P.

Il y a toujours de la poussière sur la montre de mon père

Aujourd'hui, à l'école, Mélanie nous a demandé de nous présenter :

« Faites comme si vous étiez à la télé en train de faire un reportage. Imaginez que vous parlez dans un micro. »

Bonjour. Je m'appelle Marco. J'ai sept ans et demi avec des poussières. Comme dit mon père quand on lui demande l'heure. Il répond toujours : « Il est cinq heures et des poussières. » Il y a toujours de la poussière sur la montre de mon père.

Quand une grande personne me demande ce que je veux faire plus tard, je me gratte la tête.
Quand la grande personne me demande pourquoi je me gratte la tête, je lève les épaules.
Quand la grande personne me demande pourquoi je lève les épaules, je regarde le bout de mes pieds.
Après un petit silence, la grande personne regarde le bout de ses pieds, se gratte la tête et s'en va en levant les épaules.

Une petite sœur est apparue dans notre maison.
Elle n'est presque pas née tellement elle est nouvelle.

Hier mon père m'a emmené au restaurant.
J'ai mangé un hamburger. Puis mon père m'a dit :

« Parlons. »

Puis il a parlé. Je lui ai demandé si je pouvais avoir un morceau de gâteau. Il a dit non. Je n'étais pas content. Il m'a dit :

« Les enfants ne sont jamais contents. »

Le temps passe très lentement dans un pot

L'été passé, j'avais une fleur dans un pot. Une rouge avec des étamines noires.

C'est ma mère qui m'a parlé d'étamines. C'est l'organe mâle de la fleur. Bon. La fleur a passé l'été, puis elle est morte.

Juste avant de mourir, ma fleur parlait. C'est normal, je lui avais posé une question. Elle m'a dit :

J'ai vécu pendant un mois et beaucoup, beaucoup de poussières, c'est abominablement trop long. Le temps passe très lentement dans un pot. Je vais enfin mourir. Youpi !

C'est là qu'elle est morte, ma fleur. Moi, j'ai dit :

OK.

Avec mes amis, j'ai organisé des funérailles. Nous avons chanté des chansons. Gina a dit qu'elle pouvait voler.

J'ai crié : « Menteuse ! Menteuse ! Montre voir que tu peux voler, montre voir ! » Gina a dit qu'il n'y avait que les personnes très intelligentes comme elle qui pouvaient le faire.

Puis nous avons enterré le pot avec la fleur dedans.

J'ai appelé Gina au téléphone. Je lui ai dit que j'avais rêvé de ma fleur. Dans mon rêve, ma fleur pleurait. Elle étouffait parce qu'elle était vraiment trop enterrée.

Gina m'a dit qu'il fallait faire quelque chose. Mes amis et moi, nous sommes allés déterrer la fleur. Il y a eu un problème. Il a fallu retrouver l'endroit où, le jour avant, nous avions creusé un trou.

Un trou juste au pied d'un sapin.

Nous avons passé la journée à creuser des trous au pied des sapins. Personne n'a retrouvé la boîte de chaussures dans laquelle ma fleur et son pot ont été placés pour l'éternité.
La terre les avait mangés.
Gina a dit que c'était un mystère, qu'une boîte de chaussures, ça prend du temps pour être mangée complètement.

Mon chien possède cinq lettres

Mélanie nous a demandé d'écrire un
poème. Toute la classe a crié :

Mélanie a ri, puis elle a mis une main dans ses longs
cheveux. Elle l'a gardée longtemps comme ça.

B b C c D d E e F f G g H h I i J
Un poème, ce sont des mots qui… qui… se mettent à dire autrement ce qu'ils ont l'habitude de dire. Comme si les mots étaient fatigués de signifier la même chose, alors ils se regroupent pour inventer de nouveaux jeux.
Moi, j'ai écrit un poème sur mon chien.

Mon chien
Quand mon chien a froid,
il éternue.
Le mot chien part
dans toutes les directions.
Comme si, après un bain,
il secouait ses lettres pour se sécher.
Une fois retombées,
les lettres forment
un nouveau mot : NICHE.
Mon chien jappe de bonheur.
Dans sa niche de lettres,
il n'a plus froid !
HB

Mon père m'a juré qu'on ne mangeait pas la langue des enfants

Gina m'a raconté un secret que je dois garder secret.

Elle a rencontré un extraterrestre. Elle jouait sur le trottoir avec sa poupée Pinotte. Dans une entrée de garage, elle a vu un bonbon qui traînait sur le ciment. Elle l'a ramassé et l'a avalé.

Une boule de lumière est apparue qui a enveloppé Gina.

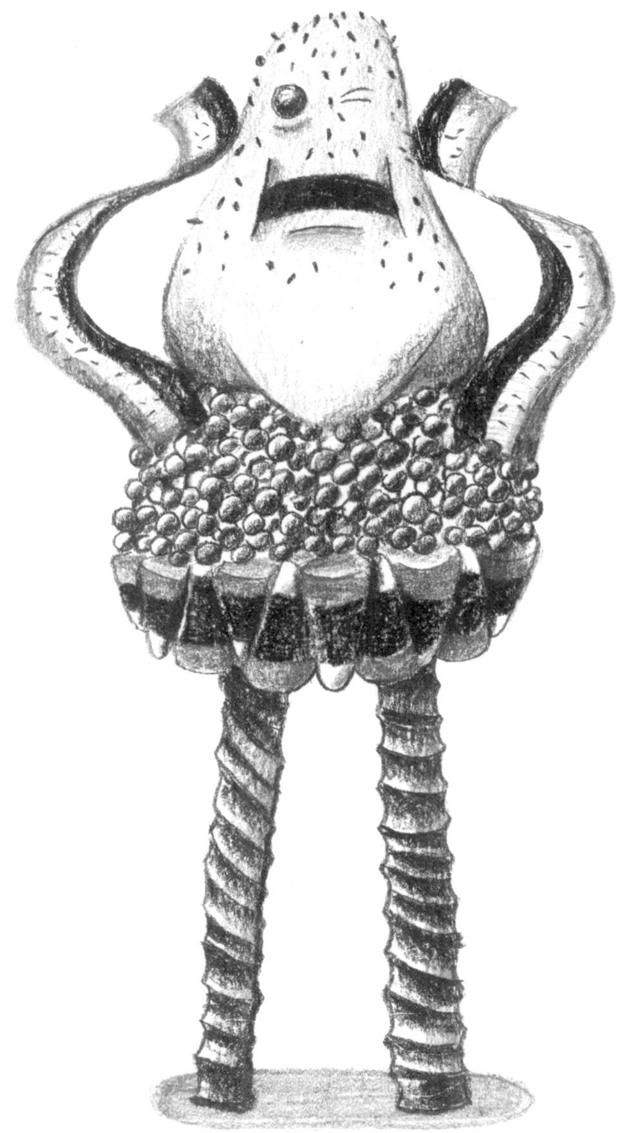

Puis elle a vu un extraterrestre qui faisait non, non, non avec sa tête. Gina lui a demandé pourquoi. L'extraterrestre lui a dit que le bonbon, c'était son œil. Gina s'est approchée.

Et elle a vu que l'extraterrestre était fait en bonbon !

J'ai encore fait un rêve.
J'aurais voulu le faire en
chocolat. À mon réveil,
je l'aurais mangé.

Mais je l'ai fait en
cris et en couleurs.
Du rouge et du jaune.
Une bouche hurlait
toute seule.

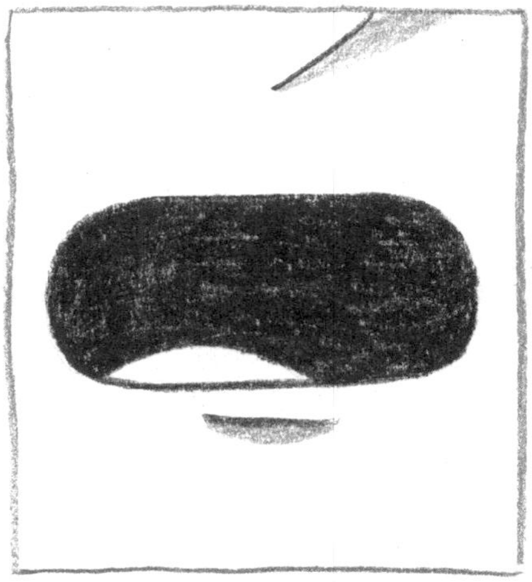

Ça m'a pris beaucoup
de poussière pour
allumer : c'était moi
qui criais.

Un extraterrestre jaune
citron avec des yeux
comme des framboises
– des yeux de mouche
rouge – m'avait mis
dans un bocal rempli
de vinaigre.

Comme le gros bocal rempli de langues de bœuf que j'ai aperçu au restaurant Chez Micheline.

Je m'en souviens comme hier parce que c'est Chez Micheline que mon père m'a emmené le jour où je suis tombé dans l'escalier de la cave. C'était bien d'aller manger avec mon père Chez Micheline. Mais le bocal de langues, ça, non. Mon père a ouvert le bocal, ça sentait… quelque chose de loin, je ne sais pas, quelque chose que je ne voudrais pas avoir dans ma bouche. Mon père m'a juré qu'on ne mangeait pas la langue des enfants.

Faut voir. Ça, « faut voir », c'est ma mère qui n'arrête pas de le répéter. Et ça énerve mon père. Alors, des fois, je le dis à Gina et ça l'énerve aussi. Alors j'aime beaucoup dire « faut voir ».

J'ai encore appelé Gina. Elle m'avait appelé pour que je l'appelle. Alors je l'ai appelée. Je lui ai raconté mon rêve. Elle m'a dit que ce n'était pas un rêve. J'avais sûrement été enlevé par son extraterrestre. Il m'avait plongé dans le vinaigre pour que j'oublie tout !

Avec des rayures qui goûtent la banane ?
Oui Marco, eh bien l'extraterrestre m'a ensuite obligée à le vomir.
C'est vrai ?
Juré !
Et après ?
Après ? Il a remis son œil, puis il m'a regardée avec !
Dégueulasse !
Puis il a dit qu'il allait se venger.
Ah.
C'est sur toi qu'il s'est vengé.
Tu es certaine ?
Absolument, Marco.
Tu penses que je dois le dire à mon père ?
Non. Fais pas ça. L'extraterrestre ne sera pas content. Écoute, je dois te laisser parce que ma grande sœur vient de recevoir sa robe de bal de finissante.
C'est quoi ça ?
Ben, c'est une robe de bal pour les filles qui ont fini l'école.

Et elle a raccroché, Gina.

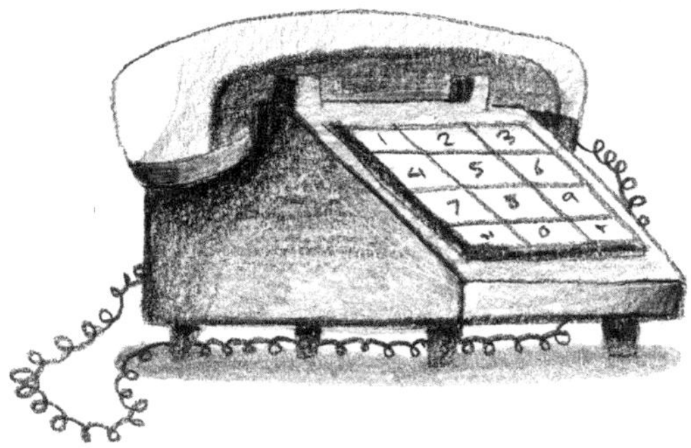

Mathieu a montré ses biceps et toute la classe a fait « ah ! »

Aujourd'hui, dans la classe, on a eu la visite d'un athlète. Il s'appelle Mathieu, il tenait dans sa main un sac. Je lui ai demandé ce qu'il y avait dedans. Il a dit que ce n'était pas mes affaires.

Ç'a provoqué, comme Mélanie l'a dit, le passage d'un ange. Et lorsqu'un ange passe, c'est comme s'il se promenait avec un aspirateur qui avale le bruit, les phrases et même les pensées ! Celui-là devait sûrement être gros parce que tout le monde dans la classe s'est senti petit dans ses souliers, comme l'a dit plus tard Gina pour se rendre intéressante.

Mathieu, l'athlète, était venu nous parler de l'entraînement que les sportifs doivent suivre pour réussir à gagner des médailles.

Mathieu a montré ses biceps et toute la classe a fait « ah ! ». C'est certain que j'aimerais en avoir aussi ! Gina m'a chuchoté que les extraterrestres possèdent des vêtements musclés qu'ils enlèvent avant de se coucher.

C'est plus pratique comme ça.

J'ai voulu en parler à Mathieu. Pour cela, j'ai levé la main et Mélanie m'a donné la permission de poser ma question.

Mais Gina m'a pincé un bras et j'ai bafouillé quelque chose qui a fait rire toute la classe sauf moi.

Mathieu m'a regardé avec des yeux méchants. Puis il m'a souri et il a ouvert son sac. Il nous a demandé d'approcher. On n'osait pas trop. Mais Mélanie nous a rassurés et la classe s'est regroupée autour de Mathieu. On a tous vu les t-shirts dans son sac. Il y en avait un pour chacun de nous.

Et sur chaque t-shirt, il y avait la face de Mathieu. Il nous a expliqué qu'il était un athlète sponsorisé. On a cru qu'il avait été malade. Mais non. C'est juste qu'il était pauvre et que ça lui permet maintenant de manger gratuitement des hamburgers et des frites.

« C'est super », a dit Lucas.

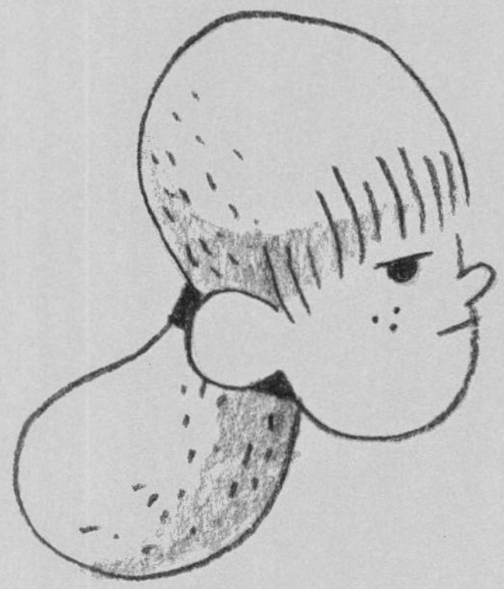

J'ai décidé de rayer Gina de ma vie

J'ai un chien. Chaque jour, je lui donne un nouveau nom.

Aujourd'hui j'ai appelé mon chien Caramel. J'ai pensé que ça lui ferait plaisir. Si j'étais un extraterrestre, juste le fait de l'appeler Caramel, mon chien goûterait le caramel. Je le lécherais. Pas trop parce qu'il pourrait disparaître un peu. Bon, ce n'est pas le cas.

Gina m'a dit qu'elle aimait Lucas parce qu'il avait un beau nom.

J'ai dit : « Lequel ? »

Ben, Lucas.
Ça, un beau nom ?
Tu ne connais rien aux beaux noms. Quand on s'appelle Marco, c'est impossible d'avoir des compétences pour les beaux noms.
Des quoi ?
Des compétences !

J'ai décidé de rayer Gina de ma vie.
Mais je vais le faire un peu plus tard. Maintenant, je pleure.

Maman a fait du pouding. J'ai demandé : « Pourquoi ? »
Elle a dit : « Rien de spécial. » J'ai été déçu parce que j'adore
quand c'est spécial. La nourriture est encore meilleure. Mais bon.
Je vais quand même manger du pouding et, après, ne plus
penser à Gina. Mais c'est pas certain. Faut voir.

Est-ce qu'il y a un bébé dans la bosse du dromadaire ?

J'ai reçu une carte postale de ma marraine. Elle voyage en Égypte.

Elle s'appelle Agathe. Un jour, elle m'a expliqué
que son nom était celui d'une pierre.

Elle s'est mise à rire. Beaucoup. Puis elle s'est étouffée
avec une arête de poisson. C'était il y a deux ans.

Je m'en souviens trop. Parce que ma marraine a failli mourir.
Elle a reçu dans le dos une énorme tape de mon père.
Elle s'est retrouvée la face dans l'assiette, le nez cassé.

C'est à ce moment que j'ai ri, moi aussi. Mais tout le
monde raconte que je pleurais sans pouvoir m'arrêter.

Sur la carte postale, il y a un chameau avec une seule bosse. Ma marraine a écrit que ça s'appelle un dromadaire. Ma mère m'a mis un crayon dans la main. J'ai été forcé de répondre à ma marraine.

J'ai écrit :

J'ai léché le timbre.

Après, j'avais mal au cœur.

Une rondelle ne fait pas le bonheur

Aujourd'hui je me sens drôlement heureux. J'en parle à ma mère. Je lui dis carrément : « Maman, je me sens drôlement heureux. » Elle ne dit rien et change la couche de ma petite sœur. C'est encore un coup dur.

À quoi ça sert de discuter ? Je vais dans la cour et je joue au ballon tout seul pendant une heure. Je ne suis plus du tout heureux. Finalement, Gina avait raison en disant qu'une rondelle ne fait pas le bonheur.

— Tu joues mal avec les mots.

— Je ne joue pas avec les mots, Gina !

— Oui, tu joues avec et c'est mal comment tu le fais.

— Alors garde-les, tes histoires de rondelle !

— D'hirondelle, idiot !

— C'est ce que j'ai dit.

— Pas du tout.

— Si ! J'ai dit : « Une hirondelle ne fait pas le bonheur. »

— Pas le bonheur, le printemps !

Gina m'a donné un coup de pied sur le petit bia.
J'ai fait semblant que ma jambe n'avait rien senti.
Et je suis parti réfléchir sous un arbre.

Mon père m'a expliqué que réfléchir sous un arbre, c'est
excellent pour la santé, surtout celle qui est mentale.
Je ne sais pas où il va chercher ces drôles d'idées.

Quand il me parle comme ça, je bouge mon visage comme
si je le croyais. Puis je lui demande une gomme à mâcher.

L'amitié, il faut faire des efforts

Lucas est venu chez nous. Il a un bobo
en forme de raisin écrasé sur un genou.

— À qui ?

— À quelqu'un.

— Je ne le dirai pas à quelqu'un, Lucas.

— J'ai grimpé dans un arbre pour échapper à un loup-garou.

— Ça doit être le même que le mien.

— Toi aussi ?

— Ouais. Moi, je me suis caché sous une grosse pierre.

— Comment t'as fait pour la soulever ?

— Mes pouvoirs spéciaux, tu sais.

— Ouais.

— Tu t'es pas fait aplatir ?

— Un peu. Mais j'ai juste eu à me pincer le nez, comme ça, puis j'ai soufflé fort. Après, je me suis regonflé.

— Moi, j'ai eu moins de chance. Le loup-garou a réussi à monter dans l'arbre où j'étais. Je l'ai assommé avec ma botte de caoutchouc. Il est parti. Mais je suis tombé sur mon genou.

— Comment ?

— En sautant de l'arbre.

— C'est pour ça que tu as un bobo en forme de raisin écrasé ?

— Oui. Tu aimes les filles, Marco ?

— Jamais.

Lucas m'a donné un biscuit Oreo. Un vieux biscuit qu'il traînait dans sa poche. Je me suis dit, l'amitié, il faut faire des efforts. J'ai pris le biscuit et je l'ai mangé.

Avant de me coucher, j'ai craché douze fois dans l'évier.

C'est dans l'air

Tu parles tout seul maintenant ?
Non, je parle avec lui.
Avec lui ?
Mon micro.
Quel micro ?
Celui que j'ai dans la main.
Tu n'as rien dans la main.
C'est parce qu'il est invisible que tu ne le vois pas.
Marco.

Quoi ?
On ne dit pas parler avec un micro.
Ah non ?
Non. On dit parler dans un micro.
Je préfère avec.

— Qu'est-ce que tu racontes dans ton micro ?

— Je fais des reportages.

— Où t'as pris cette idée ?

— Nulle part, maman. Tu sais, c'est dans l'air.

— Et tes reportages, ça parle de quoi ?

— Ben, de tout.

— Comme ?

— Comme maintenant.

Tout ce qui m'appartient, c'est de la propriété

Gina m'appelle. Elle rit. Elle dit que sa grande sœur ne veut plus aller au bal des finissants. Elle n'aime pas sa robe. Elle hurle dans la maison, s'arrache les cheveux. C'est une vraie fête chez elle. Gina doit parler fort dans le téléphone parce que sa sœur est en grande transe de révolte.

Moi, je ne comprends pas pourquoi Gina rit. Elle n'a pas de cœur, cette fille. Elle me dit, avant de fermer le téléphone, qu'elle a un cadeau pour moi.

Le cadeau ?
Quoi, le cadeau ?
Tu m'as dit que t'avais un cadeau pour moi.
T'as rêvé, j'ai jamais dit ça.
Menteuse.
Toi le menteur.

Là, j'ai perdu la tête. J'ai attrapé son sac d'école et je l'ai lancé le plus loin que j'ai pu. Elle, elle s'est mise à crier, la face toute rouge.

— Qu'est-ce que tu cries ?

— Au viol, t'es sourd, je crie au viol !

— C'est quoi ça ?

— Tu sais pas c'est quoi le viol ?

— Non.

— C'est ce que tu viens de faire.

— J'ai fait quoi ?

— Marco, tu viens de violer ma propriété.

— Propriété ?

— Oui ! Tout ce qui m'appartient, c'est de la propriété.

En rentrant à la maison, j'ai dit à ma mère que je venais de faire un viol. Elle m'a regardé avec des yeux en forme de fusil à eau, les gros qui lancent des jets qui pincent la peau.

J'ai dû répéter.

— J'ai dit que je venais de faire un viol, tu es sourde.

Ma mère s'est assise avec ma petite sœur dans les bras. Elle a fermé les yeux. Je crois qu'elle avait mal à la tête.

— Tu sais ce que ça veut dire, Marco ?

— Ben oui, c'est prendre la propriété de quelqu'un et la lancer dans les airs.

— Tu en es certain ?

— Absolument.

Ça, « absolument », c'est un mot qui fait très sérieux. Mon père le dit quand il est fâché.

— Bon, je te demanderai de ne plus dire ce mot.

— Lequel ? Absolument ?

— Non. Viol.

— Pourquoi ?

— Ce n'est pas un beau mot.

— Il est laid alors.

— C'est ça.

— Laid comment ?

— Laid, laid, très laid.

— Mais comment laid ?

— Laid comme…

— … comme un camion de pompiers ?

— Pire.

— Comme deux camions de pompiers ?

— À peu près, oui.

Deux camions de pompiers de laideur, oui, ça doit être vraiment laid.

Mon père a peur des souris

Pour mon anniversaire, Jean-Jean et Isabella m'ont emmené au cirque. Ça me fait drôlement drôle d'appeler mon père Jean-Jean et ma mère Isabella. Mais c'est leur nom. Alors je n'ai pas de raison de m'en priver. Parce qu'à partir d'aujourd'hui, je prends les choses autrement, je prends les choses comme elles viennent. Ça, c'est la mère de Gina qui dit ça tout le temps à son mari. Il a de gros problèmes de confiance en lui-même. Ça, c'est Gina qui me l'a dit.

Pourquoi ?
Quoi ?
Les problèmes de confiance.
Compliqué.
Dis-le.
C'est privé.
Si tu me le dis, je te dis aussi une chose privée.
Sur qui ?
Sur moi.
Pas intéressant.
Sur Lucas.
OK.
Alors, dis-le.
Bon. Mon père a peur des souris.

— C'est tout ?

— Tu ne comprends rien. C'est une maladie.

— Laquelle ?

— Ils appellent ça une phobie de souris. S'il en voit une, même petite, petite, petite, il perd tous ses moyens.

— Lesquels ?

— Lesquels quoi ?

— Quels moyens il perd ?

— T'es sourd, TOUS !

— Ah.

— Le soir, je colle mon oreille contre le mur de la chambre de mes parents.

— Et ?

— Tu n'imagines pas tout ce que j'entends.

— Non.

— C'est ce que je dis, tu n'imagines pas. Parce que tu es bouché ! À ton tour maintenant. Dis-moi la chose privée de Lucas.

— Ah ça.

— Oui ça.

— Lucas, il n'est pas capable de tourner sa langue dans les deux sens.

— Toi non plus !

— Si, regarde !

— Beurk, ta langue est pleine de salive.

— Montre-moi la tienne. Fais-le ! Tourne-la dans les deux sens.

— Non !

— T'es pas capable.

— Montrer sa langue, c'est vilain.

— C'est quoi ce mot, vilain !

— Tu ne connais pas ? On dit jeu de main, jeu de vilain.

— Qui dit ça ?

— On.

— On ?

— Oui, on ! On dit aussi à des garçons comme toi : polisson !

— Et à des filles comme toi, on dit jeu de main, jeu de jument !

— Jument ?

— Oui, jument !

— Maman, Marco m'a traitée de jument !

— Crie comme tu veux, elle n'est pas là, ta mère.

— Je sais.

— Alors pourquoi tu l'appelles ?

— Qu'est-ce que tu veux que je fasse d'autre ?

— Embrasse-moi, Gina.

— Quoi ?

— Demain, c'est mon anniversaire.

— Même pas vrai.

— Juré.

— Je n'aime pas embrasser.

— Tu l'as fait avec Lucas.

— Même pas vrai.

— Il me l'a dit.

— Même pas vrai.

— Arrête de dire même pas vrai.

— Même pas vrai.

Tu sais pas c'est quoi, embrasser.
Même pas vrai.
Tu sais pas ce que dit de toi Lucas.
Même pas vrai.
Je t'aime, Gina.
Même pas vrai.
T'as raison. Pas vrai. Pas vrai, pas vrai !

C'est complètement loup… et… et… phoque !

Ma petite sœur a un nom composé. Elle s'appelle Maria-Héléna.
Au début, quand je l'ai appris, j'ai piqué une crise.
Comment ça, elle a un nom composé et pas moi ? Pas juste !
Marco, calme-toi !

— Y a plus de Marco. C'est Jean-Jean-Marco mon nom maintenant ! Je suis plus grand que ma sœur et elle a un nom plus long que le mien. C'est complètement loup… et… et… phoque !

— Loufoque, Marco.

— Jean-Jean-Marco !

— Cesse de crier, tu vas la réveiller.

— Elle fait que ça, du sommeil. Y en a partout dans la maison, du sommeil, à cause d'elle ! Je vais aller vivre chez Lucas. Là au moins ça bouge.

— Ah bon, et qu'est-ce qui bouge là-bas ?

— La mère de Lucas, elle prend des cours de danse du ventre.

— Tu dis n'importe quoi.

— Je te jure. Elle m'a montré dans la cuisine comment elle bouge son ventre.

— Elle a fait ça ?

— Oui, comme ça ! Elle dit que c'est bon pour son transport intestinal.

— Elle t'a dit ça !

— Oui.

— Transport intestinal ?

— Oui.

— Et elle t'a expliqué ce que ça veut dire ?

— Oui.

— Et ça veut dire quoi ?

— Ça veut dire ce que ça veut dire, c'est clair.

— Marco, écoute-moi, je n'aime pas te voir traîner là-bas.

— Jean-Jean-Marco.

— Marco ou Jean-Jean-Marco, je m'en contrebalance, mais ne va pas perdre ton temps là-bas.

— Contreblancer, c'est quoi ?

— Ah, tu m'énerves avec tes questions !

— Toi aussi.

— On ne parle pas comme ça à sa mère.

— À qui alors ?

— À personne.

— Alors on ne peut plus parler.

— C'est ça, va dans ta chambre et fais tes devoirs.

— Non.

— Oui.

— Non.

— Marco !

— Jean-Jean-Marco !

— D’accord, tu as gagné. Jean-Jean-Marco, va dans ta chambre et fais tes devoirs. Et veux-tu cesser de faire cette stupide danse du ventre dans la cuisine !

Je veux être un enfant canon

Au cirque, j'ai vu une contorsionniste.
Puis des gens qui marchaient au plafond.

Puis un clown qui pétait dans les fleurs. Puis une acrobate qui s'enroulait dans un grand drap, accrochée dans les airs, et qui se laissait dérouler jusqu'au plancher avec un sourire en forme de banane.

Il y avait un chien canon qu'on lançait comme un boulet dans un filet. C'est ça que j'aimerais faire plus tard, un enfant canon.

Je l'ai dit à mon père, qui mangeait ma barbe à papa.

Tu as le temps d'y penser.
Mais j'y pense, là.
Tu as le temps de changer d'idée.
Mais je ne change pas d'idée. Je veux être un enfant canon plus tard.
Écoute, Marco, plus tard, tu ne pourras pas être un enfant canon.
Pourquoi ?
Parce que tout simplement tu ne seras plus un enfant. Alors pas d'enfant canon.

— Même pas un petit peu ?

— Un petit peu quoi ?

— Un petit peu canon, un petit peu enfant ?

— Mange ta barbe à papa.

— Gina a dit que la barbe à papa, c'est mauvais pour la santé.

— Si on en mange trop.

— Pourquoi ça s'appelle barbe à papa ?

— Parce que ça ressemble à ma barbe.

— Pas du tout. Ça ressemble à de la barbe à ciel.

— Comment ça ?

— Oui, c'est comme si on mangeait des morceaux de nuage rose.

— Alors mange ta barbe à ciel et regarde le fil-de-fériste.

— Qui ?

— Celui qui marche sur le fil.

Maman, tu n'es vraiment pas très intelligente

Maman, quand est-ce
qu'il va neiger?

Quand ce sera l'hiver.
Oui mais c'est quand ?
Au mois de décembre.
À Noël ?
Comme si tu ne le savais pas.
Je le sais, mais des fois j'oublie que je le sais.
N'importe quoi, Marco.
Qu'est-ce que tu as aujourd'hui, tu as la face toute longue ?
Je suis hor-ri-ble-ment triste.

— Bon.

— Bon quoi ?

— Pourquoi tu es hor-ri-ble-ment triste ? Tu veux un biscuit ?

— Non.

— Du pain avec du Nutella ?

— Non.

— Viens, je vais te faire un gros câlin.

— Non.

— Tu boudes, pourquoi ?

— Je te l'ai dit, je suis hor-ri-ble-ment triste.

— Mais pourquoi ?

— Pour rien. Juste comme ça. Et c'est ça qui me rend plus triste que toutes les autres fois où j'étais triste.

— Explique-toi, Marco, parce que je ne te suis plus.

— Maman, tu n'es vraiment pas très intelligente. C'est simple, je suis hor-ri-ble-ment triste parce que je ne sais pas pourquoi je le suis. Tu piges ?

— Tu piges ? Comment tu parles maintenant !

— C'est Manuel qui parle comme ça.

— C'est qui ?

— Un nouveau dans la classe. Il a un accent dans la bouche et il dit des trucs hor-ri-ble-ment nouveaux.

— C'est lui qui te rend triste alors ?

— Ça n'a rien à voir.

— Avec toi on ne sait jamais ce qui nous attend.

— Non mais pourquoi je ne viens pas d'ailleurs ?

— Comment ça ?

— J'aurais pu venir d'un autre pays et avoir un accent aussi et dire des trucs nouveaux. Je suis fatigué d'être toujours pareil. Moi ce que j'aime dans la vie, c'est des choses nouvelles. Tu vois, depuis hier, c'est pareil. Tout est pareil. Toi, moi, la table de cuisine. Même le poisson rouge, il ouvre la bouche comme hier. Il fait toujours le même rond avec sa bouche de poisson. Il pourrait changer une fois et nous surprendre.

— Tu sais une chose, aujourd'hui j'ai essayé une nouvelle recette de biscuits.

— Ah bon.

— Oui monsieur. Chocolat et fraise.

— Ah bon. Ben, je crois que je vais en prendre un.

— Mais je te préviens, si tu en manges un, tu vas faire la même bouche que tu fais d'habitude quand tu croques dans un biscuit, mon petit poisson d'amour.

— Ben… merci de me prévenir.

J'ai essayé de me faire mordre par mon chien

Si je rencontre un loup-garou, je vais me laisser mordre par lui.

Parce que plus j'y pense, plus je trouve que c'est super de vivre comme des loups-garous. Quelle chance ils ont ! Ils courent vite. Ils ont des yeux qui voient dans la nuit.

J'ai essayé de me faire mordre par mon chien. Il n'a rien voulu savoir.

Je me suis mordu moi-même, c'est nul.

J'ai demandé à Gina.

Elle n'a pas voulu. Elle aurait été jalouse si j'étais devenu un loup-garou.

Là, je suis caché sous mon lit parmi des
moutons de poussière. Je me concentre
pour grandir plus vite. C'est fatigant.

Pourquoi ça s'arrête à E, les vitamines ?

J'ai parlé à Manuel de ma marraine Agathe. Je lui ai dit qu'elle avait photographié des momies. Je lui ai demandé si, dans son ancien pays, il pouvait en trouver. Il m'a dit que oui. Quelle chance il a, Manuel! J'ai vu son père quand il est venu le chercher après la classe. Il portait des bijoux autour du cou. C'est drôle, ça, un père avec des bijoux.

Gina n'a pas revu les extraterrestres. Elle dit qu'ils sont en vacances et que leurs enfants n'ont pas besoin d'aller à l'école. Leurs parents leur donnent des pilules d'école. Douze par jour! Gina m'a expliqué le truc:

— Tu vois, c'est comme des vitamines A, B, C, D, E.

— Pourquoi ça s'arrête à E, les vitamines?

— C'est un secret. Bon, je reprends. Tu vois, c'est comme des vitamines, les pilules d'école. Il y a des pilules d'orthographe, des pilules de mathématique, des pilules d'histoire. C'est très pratique.

Qu'est-ce qu'il se passe si les enfants des extraterrestres prennent trop de pilules ?
Ben…
Ben quoi ?
Ben, ils deviennent meilleurs que les profs.
Et quand est-ce qu'ils arrêtent d'en prendre ?
Quand ils connaissent tout. Réfléchis !

Comme tu dis, c'est très pratique.
Oui, très pratique. C'est pour ça qu'ils sont souvent en vacances. Tu vois, ils n'ont qu'à apporter avec eux leur bouteille de pilules d'école.
Et ça coûte cher ?
Très cher. Très, très cher. Ça coûte mille mille fois plus cher d'instruire un enfant d'extraterrestre qu'un enfant terrestre.
Wow !
Gina m'impressionne. Aujourd'hui, elle avait fait une queue avec ses cheveux. On voyait mieux ses yeux.
Ils sont bleus.

Va prendre ton bain

Marco.
Quoi, maman ?

Va prendre ton bain.
Je suis occupé.
Qu’est-ce que tu fais dans ta chambre ?
Je pense.

Tu penses fort, je t’entends d’ici.

Même pas vrai !

Pourquoi tu parles tout seul ?

Je te l’ai dit, je fais des reportages.

C'est bien, mais tu ne trouves pas que tu exagères ?
Non.
Et là, tu le fais sur quoi, ton reportage ?
Sur Manuel.

— Le nouveau dans la classe ?

— Oui.

— C'est quoi le topo ?

— Le quoi ?

— Topo, c'est le sujet d'un reportage.

— Ah.

— Alors ?

— Ça parle de momies.

— Comment ça ?

— Manuel m'a raconté qu'il est venu ici parce qu'il y a une invasion de momies dans son pays.

— Il t'a dit ça ?

— Manuel m'a montré des photos. Les momies là-bas envoient leurs enfants à l'école. Manuel avait peur de s'asseoir avec eux. Alors il a demandé à ses parents de trouver un pays où les momies n'existent pas. Un pays comme ici.

— Tu ne devrais pas croire tout ce que Manuel te raconte.

— Moi, je fais mon travail.

— Qu'est-ce que tu veux dire, Marco ?

Ben, je rapporte les faits.
Va prendre ton bain et, s'il te plaît, n'apporte pas ton micro avec toi.

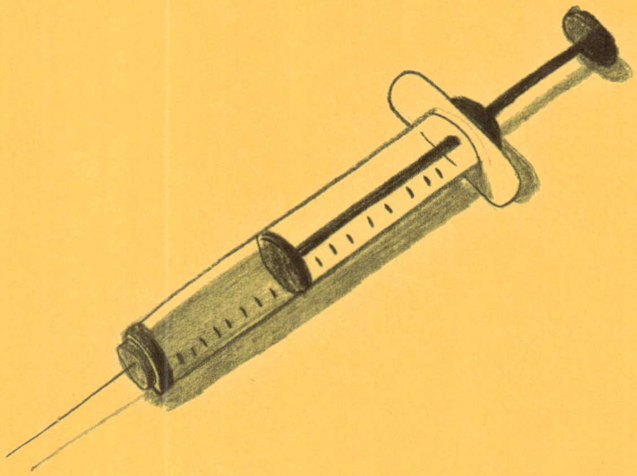

Si j'avais un virus, je ne le donnerais pas !

C c D d E e F f G g H h I i
Gina n’est pas venue à l’école aujourd’hui. Mélanie a dit qu’elle était malade. Elle nous a parlé de la grippe. La semaine prochaine, des gens vont venir nous donner des vaccins. Mélanie a dessiné sur le tableau une seringue. Elle nous a demandé si on avait peur. On a ri. On n’a pas peur des petits trous. Eliot a dit qu’il a reçu une centaine de vaccins. Toute la classe a fait «oh!». Lucas a dit que ce n’était pas vrai.

Pourquoi ce n'est pas vrai ?
Parce que si c'était vrai, tu serais plus petit.
Comment ça, plus petit ?
La peau, c'est comme un sac. Si tu fais des trous dedans, ça se met à couler. Avec cent trous, tu aurais tout perdu ce qu'il y a à l'intérieur de toi.
Même pas vrai, t'as compris, Lucas le petit caca !

Mélanie a effacé la seringue sur le tableau. Elle a dessiné ensuite un virus. Toute la classe a fait « beurk ! ». Après l'école, j'ai appelé Gina.

— J'ai vu ton virus.

— Je n'ai pas de virus.

— Mélanie l'a dessiné.

— Même pas vrai.

— Si ! C'est pour ça que t'es pas venue à l'école. Mélanie nous a expliqué. Un virus, ça se donne.

— Si j'avais un virus, je ne le donnerais pas !

— Tu serais obligée.

— Même pas vrai. Et si j'avais un virus, c'est pas à toi que je le donnerais.

— À qui ?

— Pas tes affaires, mon cher.

— Je ne suis pas ton cher.

— C'est moi qui décide si tu es mon cher.

— T'as un virus, je suis certain !

— Je te jure que non.

— Ta voix parle comme si t'avais un virus dedans.

— Pas du tout, du tout.

— Alors pourquoi t'es pas venue à l'école ?

— Secret.

— Tu sais comment Eliot a appelé Lucas aujourd'hui ?

— Non et je ne veux pas le savoir.

— Pourquoi t'es pas venue ?

— Secret, je t'ai dit.

J'ai raccroché. Gina a rappelé tout de suite.

— C'est qui ?

— C'est moi. OK, je vais te le dire.

— Je ne veux plus le savoir.

— Même pas vrai.

— OK, dis-le.

— Bon. Secret, hein ? Aujourd'hui, j'ai été enlevée par les extraterrestres.

— T'as été dans leur soucoupe ?

— Oui, Marco. Ils m'ont fait asseoir au milieu de la soucoupe.

— Pourquoi au milieu ?

— Parce que c'est la meilleure place.

— Pourquoi ?

— Allume ! Pour ne pas avoir mal au cœur. Au milieu, ça ne tourne presque pas. Mais tout autour, c'est hallucinant !

— Chanceuse !

— J'ai même vu un biloute.

— C'est quoi un biloute !

— Un chien extraterrestre.

— Comment il est fait ? Tu l'as touché ?

— Non.

— Pourquoi ?

— Mais tu sais…

— Quoi ?

— J'avais peur de lui faire mal.

— Pourquoi ?

— Son corps était fait en gélatine.

— Ah !

— Je te jure.

— Quelle couleur ?

— Bleu.

— C'est vrai tout ça ?

— Marco, écoute-moi bien.

— OK.

— Je ne te mentirais jamais. Bon, à ton tour.

— Quoi ?

— Comment Eliot a appelé Lucas ?

— Ah !

— Dis-le-moi.

— Lucas le petit caca !

— C'est vrai ?

— Je ne pourrais pas te mentir, chère Gina.

Ton père doit savoir ce qui se passe avec toi

Marcooo ?
Ouiiiii.
Mélanie m'a appelée aujourd'hui.
Qu'est-ce qu'elle a dit ?

— Viens ici.

— Je suis occupé, maman.

— Tu parles encore dans ton micro.

— Nooooon.

— Viens t'asseoir, je t'ai préparé un lait au chocolat.

— Avec des bulles ?

— Avec des grosses bulles.

— Qu'est-ce qu'il y a dans les bulles ?

— De l'air.

— Ah.

— Mélanie m'a dit que tu t'es endormi sur ton pupitre.

— Même pas vrai.

— Plusieurs fois, elle m'a dit.

— Peut-être une fois.

— Tu peux tout me dire, tu le sais, ça.

— Tu veux que je te dise quoi, maman ?

— Ce qui se passe avec toi.

— Rien.

— Non, Marco, il se passe quelque chose.

— Quoi ?

— C'est à toi de me le dire.

— Ben…

— Tu fais des cauchemars, c'est ça ? Tu te réveilles la nuit et tu ne peux plus te rendormir ?

— Non. Oui. Peut-être.

— Marco !

— Quoi ?

— Réponds-moi.

— Je ne sais pas.

— Bois ton chocolat. Je vais en parler avec ton père.

— Non ! Il va se fâcher !

C'est sérieux, Marco. Ton père doit savoir ce qui se passe avec toi.
Mais il ne se passe rien!
Alors pourquoi tu tombes endormi sur ton pupitre?
Ben… parce que… parce que…
Oui?
Parce que l'école, c'est endormant.
CHOCO

Quand tu vas au lit, c'est pour dormir

Qu'est-ce qu'il y a, maman ?
Je viens voir si tu dors.
Oui, je dors.

— Non, Marco, si tu dormais, tu ne serais pas en train de me dire que tu dors. Tu sais quelle heure il est? Minuit. Pourquoi tu ne dors pas?

— Avant que tu arrives, je dormais.

— Je t'entendais parler.

— Ah.

— Je t'ai écouté derrière la porte.

— C'est ma bouche qui parlait, pas moi.

— Marco, étais-tu en train de jouer avec ton micro invisible?

— Peut-être.

— Réponds-moi correctement!

— Oui!

— Tu dois arrêter ça! Tu ne dors plus avec tes histoires de reportages! Ça devient une manie. Quant tu vas au lit, c'est pour dormir.

— Mais…

— Il n'y a pas de mais! Tu as de l'école demain, tu dois être en forme. Plus de reportages, tu me le promets?

— …

— Marco, tu me le promets?

— Oui, maman.

— Dors maintenant. Pour de vrai !

C'est moi qui ai fait mes dents ?

Pourquoi est-ce qu'elle pleure ?
Parce que ta petite sœur fait ses dents.
Ça fait mal ?
Bien sûr, Marco. Toi aussi, tu pleurais quand tu faisais tes dents.
C'est moi qui ai fait mes dents ?

— Absolument.

— Comment j'ai fait ?

— Comme tout le monde.

— Pourquoi ça ne fait pas mal quand on fait ses cheveux ?

— Parce que… parce que les cheveux poussent tout seuls. Comme de l'herbe.

— Pas les dents ?

— Oui, les dents aussi, mais c'est différent.

— Pourquoi ?

— Parce que… parce que les dents doivent percer les gencives pour prendre leur place dans la bouche. Et ça fait mal quand on perce quelque chose, non ?

— Mais les cheveux, ils percent la tête, non ?

— Oui, Marco, mais eux, ils font des trous minuscules. C'est pour ça qu'ils ne font pas mal quand ils poussent.

— Ah. Ça veut dire que ma tête est percée de milliers de petits trous.

— On peut… on peut dire ça.

— Si nos rêves sont très petits, est-ce qu'ils peuvent sortir par les trous de notre tête pendant qu'on dort ?

— Pas du tout !

— C'est ce que je pensais. Mais si je coupe mes cheveux comme le père de Gina, qu'est-ce qu'il va arriver ?

— Monsieur Gingras est chauve. Il a perdu ses cheveux, il ne les a pas coupés.

— Pourquoi ?

— C'est génétique, Marco. Tu te souviens, je t'ai expliqué ce que ça veut dire.

— Oui mais pourquoi c'est génétique ?

— Parce que… parce que c'est comme ça ! Bon.

Quand ma mère dit « bon », ça ne veut pas dire que c'est bon.

Ça veut dire qu'elle est fatiguée.

J'ai regardé dans la bouche de ma petite sœur. Il y a trois dents qui poussent. Ce sont des dents faites avec du lait. C'est pour ça qu'elles sont blanches. Gina m'a expliqué que les dents de lait ne sont pas vraiment faites avec du lait. Sinon, on risquerait de les avaler. Mais sa grande sœur en a tout de même avalé deux pendant son sommeil. Depuis, elle fait ses dents de sagesse et ça la rend folle. Gina dit que sa grande sœur est un cas particulier.

Qu'est-ce que tu veux dire ?
Ma sœur a des problèmes d'adolescente, ma mère n'arrête pas de le répéter.
Comme quoi ?
Elle fait des boutons.
Pour ses robes ?
Non ! Des boutons sur la peau.
Ah. Elle a attrapé un virus.
C'est plus compliqué. Elle perd aussi du sang. Mais ça, je n'ai pas le droit de t'en parler. C'est un secret de filles. Même que je ne suis pas supposée le savoir.
T'es une fille.
Oui, mais c'est un secret de grande fille.
Comment tu le sais alors ?

— Je ne suis pas comme les autres. Moi, je devine tout. C'est comme si je savais tout. Je crois que je suis un génie. Mais ne le dis à personne.

— Pourquoi ?

— Je préfère être un génie inconnu.

— C'est à cause des extraterrestres ?

— Quoi ?

— Que tu sais tout ! Ils t'ont donné des pilules de savoir.

— Je n'ai pas le droit d'en parler.

— Tu ne voudrais pas m'en donner une ?

— Quelle sorte ?

— As-tu des pilules de dessin ? Mélanie nous a demandé de dessiner notre maison pour la semaine prochaine. Je suis nul en dessin. Toute la classe va se moquer de moi, comme d'habitude.

— C'est vrai que tu es nul.

— Alors ?

— Je vais voir.

— Je t'aime, Gina. Pourquoi tu ris ?

— Parce que je ne te reconnais plus.

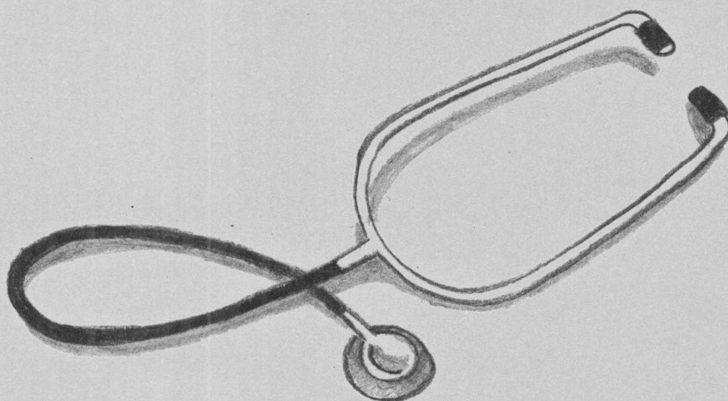

On ne dit pas une chose pareille à sa mère !

Aujourd'hui à la télé, j'ai vu Mathieu, l'athlète. Je l'ai reconnu tout de suite. Il a soulevé des poids. Sa tête a fait une énorme grimace. J'ai pensé qu'elle allait exploser. Je suis allé dans ma chambre chercher le t-shirt où il y a sa face imprimée. Je ne l'ai pas trouvé dans mes tiroirs.

Maman, je ne trouve pas mon t-shirt d'athlète.
C'est normal, Marco.
Pourquoi ?
Parce que je l'ai donné.

QUOI !

Je l'ai donné à ton cousin Éric.
Quoi ! Tu l'as donné à mon cousin Éric !
Il était beaucoup trop grand pour toi.
C'était mon t-shirt !
Calme-toi, Marco.

— Tu n’avais pas le droit de faire ça !

— Ton cousin Éric était très content.

— Je déteste mon cousin Éric.

— Ne dis pas ça !

— Je te déteste toi aussi !

— Marco, on ne dit pas une chose pareille à sa mère !

— On dit une chose pareille à une mère qui a donné le t-shirt de son fils sans lui en parler !

C’est à ce moment-là que j’ai perdu la tête.

C’est ce que mon père a dit plus tard au médecin.

— Mon fils a perdu la tête.

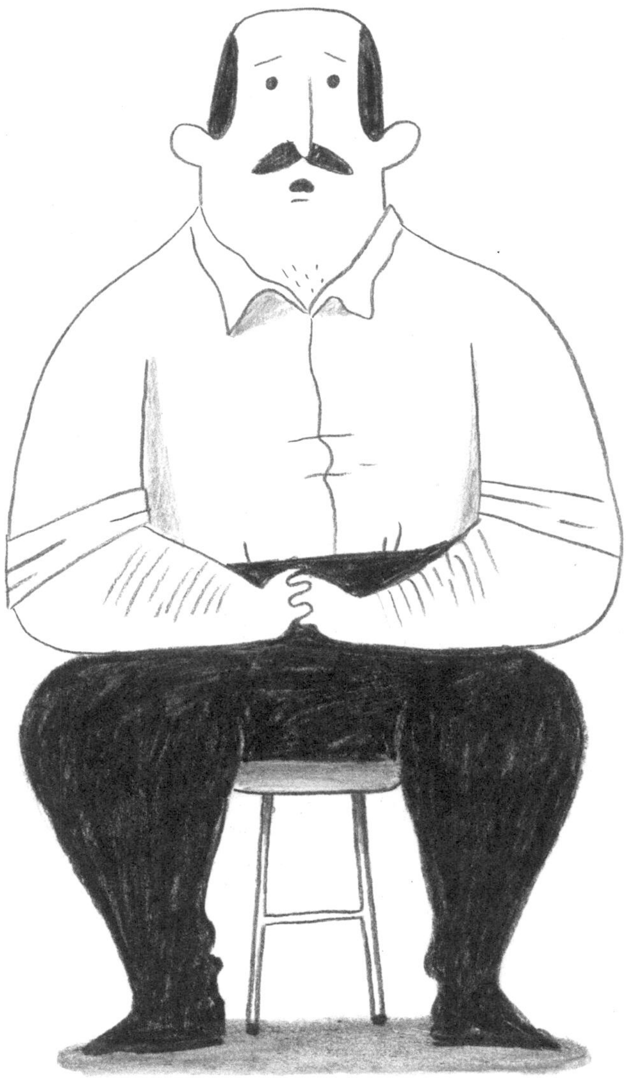

— Qu'est-ce qu'il a fait ?

— Il criait, il cassait tout autour de lui. Il a fini par se mettre à quatre pattes comme un chien. Il a mordu sa mère quand elle a voulu le calmer.

Le médecin m'a examiné et m'a posé plein de questions. Je n'ai rien dit. Juste mon nom.
Je m'appelle Marco.

Ma mère a pleuré dans le bureau du médecin.

— Docteur, je crois que Marco a un problème de comportement.

— Je peux vous assurer que votre fils est en pleine santé.

— Il ne dort plus. Il est devenu très irritable. Ses notes à l'école sont mauvaises.

— Marco, peux-tu me dire pourquoi tu ne dors plus ?

J'ai fait comme si j'étais sourd. Ma mère a dit au médecin que j'avais un ami imaginaire.

— Voyez-vous, docteur, Marco parle dans un micro invisible. Il ne le lâche plus. Il mange avec, il dort avec. C'est devenu une obsession. Il transforme tout en reportages.

— Quelle sorte de reportages ?

— Marco, dis au docteur ce que tu racontes à ton micro. Dis-le, c'est important.

— Tu ne veux pas le dire, Marco ?

Pourquoi on n'est pas né dans une soucoupe volante ?

À la récréation, j'ai raconté à Gina que je souffrais d'un trouble du comportement. Elle a été très impressionnée. Mais elle m'a dit que sa grande sœur souffrait sûrement plus que moi. Elle a ajouté qu'elle aussi possédait un trouble.

Même pas vrai !
Je te jure, Marco, moi aussi j'en ai un.
Lequel ?
Tu le sauras dans une semaine.
Non, tout de suite !
Dans une semaine, tout le monde va voir mon trouble.

— Comment ça ?

— Parce que je ne pourrai pas le cacher… Tiens, c'est pour toi.

— C'est quoi ?

— Ta pilule !

— Pour dessiner ?

— Oui.

— On dirait un bonbon.

— Toutes les pilules extraterrestres sont faites en bonbon, je t'ai déjà expliqué.

— C'est vrai.

— Tu la prends avant de te coucher. Et demain matin, tu seras capable de dessiner tout ce que tu veux.

— Et ça va durer longtemps ?

— Je ne sais pas.

— Ce n'est pas écrit sur la bouteille ?

— Quelle bouteille ?

— La bouteille de pilules !

— Marco, tu ne connais vraiment rien aux extraterrestres. Tu ne sais pas que les extraterrestres n'ont pas toujours besoin de bouteille ? Je vais t'expliquer. Quand ils deviennent adultes, un sixième doigt apparaît à leur main gauche.

— Pourquoi la gauche ?

— Marco, je ne peux pas tout savoir !

— Excuse-moi.

— Je reprends : quand ils deviennent adultes, un sixième doigt apparaît à leur main gauche. Il ressemble à un tube. Les extraterrestres le pincent un petit peu comme ça et une pilule en sort.

— C'est pratique.

— Ils peuvent aussi sucer le bout de leur sixième doigt quand ils ont besoin d'un sirop.

— Très pratique. Tu sais, Gina, je me demande pourquoi on n'est pas né dans une soucoupe volante. Ça serait tellement plus simple de vivre.

C'étaient des larmes puantes

J'ai pris la pilule extraterrestre avec un grand verre de lait. Je suis dans mon lit. J'ai placé sur la table où il y a la photo de mon chien une feuille de papier et mes crayons de couleur. J'ai hâte de dormir pour me réveiller demain matin. J'ai hâte de dessiner avec mes nouveaux pouvoirs. Mais je ne dors pas. Pas encore. J'attends. C'est fatigant. Ennuyant. Je parle tout bas. Je ne veux pas que ma mère m'entende. Plusieurs fois, elle vient se coller l'oreille contre ma porte. J'entends sa respiration. Alors je cesse de parler et je cache mon micro invisible.

Je pense à Manuel. Il m'a dit qu'il a déshabillé une momie dans son pays. Il s'amusait avec ses amis d'école. Ils ont attrapé une momie et l'ont enfermée dans les toilettes. Puis ils ont tiré tous ensemble sur ses bandelettes. La momie gigotait comme un gros poisson hors de l'eau.

Et tu sais ce qu'on a vu, Marco ?
Non.
Rien !
Quoi ?
Je te jure. La momie était invisible. Enfin presque. Parce qu'on n'a vu que deux yeux rouges qui flottaient dans les airs.
Avez-vous eu peur ?
Noooon.
Moi non plus, je n'aurais pas eu peur.

— La momie a fermé ses deux yeux rouges. Ça a fait comme un bruit de caoutchouc. Puis on a vu des larmes tomber sur le plancher des toilettes.

— La momie pleurait ?

— Pas du tout ! C'étaient des larmes puantes.
On a pris la poudre d'escampette.

— La poudre de quoi ?

— D'escampette.

— Pourquoi faire ?

— Ben, pour fuir !

— Pourquoi ?

— Parce que ça puait !

— Et la poudre ?

— Quoi ?

— Où est-ce que vous l'avez trouvée ?

— Tu ne sais pas que la poudre d'escampette, ça ne se trouve pas ?

— Ah non, Manuel, je ne savais pas.

— Tu l'as toujours avec toi.

— Moi, j'en n'ai pas.

— Si ! Tu en as !

— Pas du tout !

— Si tu voyais un monstre, tu prendrais ta poudre d'escampette.

— Même pas vrai !

On dirait que mes doigts sont plus longs

Je n'entends plus le son de la télévision.

Mes parents dorment.

Il fait noir dans ma chambre.

La pluie vient de commencer à tomber derrière ma fenêtre. Je me lève sans faire de bruit. J'allume ma petite lampe de poche. J'ouvre la fenêtre. C'est beau le son de la pluie. Ça m'endort. Mais je ne dors pas. Je vais me regarder dans le miroir posé sur la porte de mon placard. Je suis comme avant. Pas de changement. La pilule extraterrestre n'a rien changé.

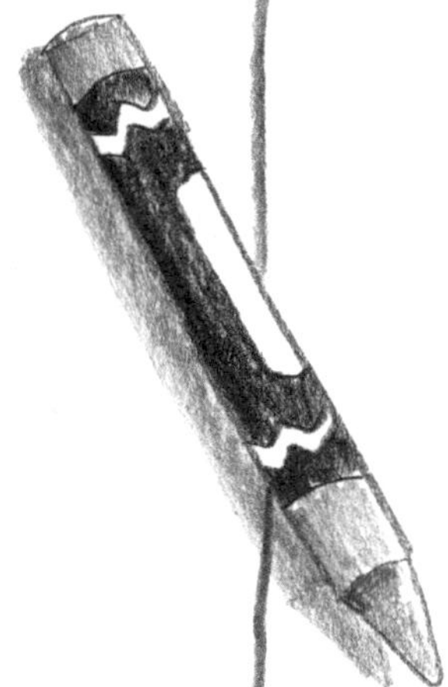

Je prends un crayon. Le bleu. Je dessine un extraterrestre. C'est toujours nul. Gina m'a dit que je dois attendre au matin. J'attends un peu.

Je me recouche.

Je regarde mes mains. On dirait que mes doigts sont plus longs. Je les fais bouger. Est-ce qu'ils bougent mieux qu'avant ? Je ne sais pas. Gina aurait dû me donner deux pilules. Une, ce n'est pas assez.

Je pense à l'athlète. Est-ce qu'il a rencontré des extraterrestres qui lui ont donné des pilules pour lever des poids ? Sûrement. Mais où ils sont, les extraterrestres ? Pourquoi, moi, je ne les rencontre pas ?

Pas juste.

Même quand il ne se passe rien, il arrive quelque chose

Je me réveille, une chanson chante toute seule dans ma tête : *Il pleut, il mouille, c'est la fête à la grenouille*. Je bouche mes oreilles avec mes mains, la chanson continue. Je mets ma tête sous l'oreiller, elle chante plus fort. Je me lève. C'est toujours la nuit. J'allume ma petite lampe de poche. La chanson disparaît de ma tête. Je vais à la fenêtre, on dirait qu'il pleut seulement devant notre maison. C'est drôle, ça.

Tout à coup, je sens quelque chose de mouillé qui a touché mon pied. J'éclaire le plancher avec ma lampe de poche. J'aperçois un truc bleu. Ça ressemble à une tache. Je me penche pour l'attraper, mais je ne vois plus rien. Tout à coup, ma lampe s'éteint.

La pile doit être morte.

Je me recouche. J'attends le matin. C'est long.
Je pense que je dors et puis non, je ne dors pas.

Pourquoi tu parles dans un micro ?
Qui est là ?
Moi.

— Moi, c'est qui ? Et comment sais-tu que je parle dans un micro ?

— Parce que je le vois.

— Mais il fait tout noir.

— Mes yeux voient dans le noir.

— Mais mon micro est invisible.

— Mes yeux voient aussi dans l'invisible.

— Qui es-tu ?

— Qu'est-ce que tu fais avec un micro en pleine nuit ?

— Des reportages.

— Sur quoi fais-tu tes reportages ?

— Sur tout ce qui arrive. Et il arrive toujours quelque chose. Même quand il ne se passe rien, il arrive quelque chose. Alors, il y a toujours un reportage à faire.

— C'est du travail.

— Beaucoup. Et toi ?

— Moi, je ne fais pas de reportages.

— Tu devrais essayer.

— J'ai trop de chats à caresser.

— Ah. Mon père dit plutôt « j'ai trop de chats à fouetter ».

— C'est plus de travail.

— Sûrement. Mais qui es-tu ?

— Je suis un extraterrestre.

— Attends, je vais allumer la lumière, je veux te voir. Mais tu es tout bleu !

— À cause de toi.

— Pourquoi ?

— Tu as pris ton crayon bleu pour me dessiner.

— Tu veux dire que… ?

Je me lève et je regarde mon dessin.
Il a disparu de la feuille de papier!

— Tu es beaucoup plus grand que mon dessin. Comment as-tu fait?

— Je peux grossir, rapetisser. Devenir plus long, plus large, plus rond. Regarde!

— Comment fais-tu ça?

— Et toi, comment fais-tu pour respirer?

— Ah. Et tu es fait en quoi?

— Je suis fait en extraterrestre.

— Comme du caoutchouc?

— En mieux, en beaucoup mieux.

— Je peux te toucher?

— Vas-y.

— C'est froid. On dirait la peau d'une grenouille. Gina m'a dit que vous étiez faits en bonbon.

— Qui est Gina?

— Une amie.

— Dis à ton amie qu'elle se trompe. Tu peux me dessiner une soucoupe volante?

— Tout de suite?

— Je dois repartir.

— Déjà?

— Mes parents vont s'inquiéter. Ils ne savent pas que je suis ici.

— Tu as des parents !

— Quatorze.

— Incroyable ! Tu as sept mères et sept pères !

— Tu sais, la vie d'un extraterrestre est assez compliquée.

— Mais vous avez des pilules pour tout !

— C'est vrai. Ça compense.

— Je peux partir avec toi ?

— Si tu veux.

— Quelle couleur ?

— Quoi ?

— La soucoupe volante.

— Prends ton crayon… jaune. Oui, prends le jaune. Je crois qu'avec le jaune, la soucoupe va aller beaucoup plus vite.

Ma mère m'a expliqué que tu as été somnambule

Bonjour Marco.
Gina ! Tu es venue seule ?
Non. Maman m'attend à la cafétéria de l'hôpital. Ça fait mal ?
Pas vraiment.
C'est vrai ce qu'on raconte ?
Qu'est-ce qu'on raconte ?
Que tu es tombé de la fenêtre de ta chambre en pleine nuit.
280

— Mon père m'a trouvé sur le gazon mouillé.

— Mais pourquoi ?

— C'est la faute de ta pilule.

— Quelle pilule ?

— Celle que tu m'as donnée pour dessiner. Tu ne t'en souviens pas ?

— Nooon.

— Tu sais quoi ? J'ai dessiné un extraterrestre et il est sorti de sa page.

— Même pas vrai. Ma mère m'a expliqué que tu as été somnambule. Tu as fait des choses dans ton sommeil avec des yeux tout blancs comme ça.

— Même pas vrai.

— Ma mère m'a dit que c'est comme ça que tu as cassé ton bras.

— Même pas vrai. Je suis parti en soucoupe volante, mais la porte s'est ouverte toute seule parce que je l'avais mal dessinée. Puis je suis tombé par terre.

— OK, je te crois.

— C'est vrai ?

— Ma mère m'a dit que je ne dois pas te contrarier parce que tu es fragile.

— Contrarier ?

— C'est un nouveau mot. Ça veut dire que je ne dois pas dire le contraire de ce que tu dis. Regarde, je vais te montrer quelque chose.

— C'est quoi ?

— Un étui à lunettes. Et à l'intérieur, il y a mes lunettes ! Attends, je vais les mettre.

Comment tu les trouves ?

Elles sont grosses.
C’est la mode.
C’est ça, ton trouble ?
Oui, j’ai un trouble de vision.
Lequel ?

— Figure-toi que tout se met à rapetisser autour de moi. C'est pour ça que je dois porter des lunettes. Pour grossir. Surtout les petites choses comme les lettres dans les livres.

— Est-ce que je rapetisse, moi ?

— Un peu. Mais avec mes lunettes, tu es corrigé.

— Corrigé ?

— Tu ne sais pas ? Les lunettes corrigent ce qui est trop petit. Ce n'est pas moi qui le dis, Marco, ce sont les spécialistes de la vue.

— Ben moi, je n'aime pas que tes lunettes me corrigent.

— Je ne peux rien faire, c'est comme ça, c'est comme ça.

— Tu peux enlever tes lunettes.

— Si je le veux !

— Tu le veux !

— Les spécialistes ont dit que je dois m'habituer à les porter. Mais je vais les enlever parce que je ne dois pas te contrarier.

— Ahhh !

— Qu'est-ce que tu as ?

— Je voudrais me gratter.

— Fais-le.

— Je ne peux pas.

— Pourquoi ?

— Ça me chatouille sous mon plâtre.

— J'ai une solution.

— Qu'est-ce que tu fais ?

— J'écris quelque chose sur ton plâtre. Voilà !

— Quoi ? Je n'arrive pas à le voir.

— Plie ton bras !

— Je ne peux pas !

— C'est une farce, Marco. Ne te fâche pas.

— Lis-moi ce que tu as écrit !

— J'ai écrit : Bidibou bidiba, katou chatou, c'est fini ni ni.

— C'est quoi ça ?

— Une formule magique pour arrêter les chatouillements.

— Même pas vrai !

— Est-ce que ça te chatouille encore sous ton plâtre ?

— Euh…

— Alors ?

— Non.

— Tu vois ?

— Qui t'a appris ça ?

— Ah…

— Les extraterrestres ?

— Ah…

Peut-être que je ne suis plus comme avant

Mon chien ne m'a pas reconnu quand je suis revenu à la maison.
Il jappait comme si j'étais une autre personne. Il a fini par se calmer.
Il a reniflé mon plâtre, puis il est allé se cacher derrière le sofa.
Je me suis dit : « Peut-être qu'il a senti quelque chose…

Peut-être que mon bras a été jeté dans la poubelle de l'hôpital…

Peut-être qu'il a été remplacé par un morceau de bois…

Peut-être qu'il a été remplacé par le bras… d'un autre garçon !

Peut-être que je ne suis plus comme avant. »

Maman.
Oui, mon petit Marco.
Est-ce que je peux dormir avec Katou Chatou ?
Katou quoi ?

— Katou Chatou.

— Je ne sais pas de qui tu parles.

— Mon chien. C'est comme ça qu'il s'appelle.

— Depuis quand ?

— Depuis maintenant.

— Je croyais qu'il s'appelait Toupie.

— Une vieille histoire, ça, maman.

— Pourquoi tu veux dormir avec lui ?

— Pour qu'il surveille mon bras pendant que je dors.

— Je ne comprends pas, Marco.

— Tu crois que c'est mon vrai bras qui se trouve sous le plâtre ?

— Évidemment.

— Si c'était le bras d'un autre ?

— Pourquoi tu penses une chose aussi ridicule ?

— Il n'est pas comme avant. Je le sens plus petit.

— C'est normal, Marco. Il est en train de guérir.

— Mais il est cassé en deux. Comment il fait pour guérir ?

— En se reposant. Et toi aussi, tu dois te reposer. Demain, tu retournes à l'école. Tu as plein de leçons à rattraper. Et si tu veux guérir rapidement, tu dois me promettre une chose.

— Quoi ?

— Plus de reportages. Quand tu vas au lit, c'est pour dormir. Tu me le promets ?

— Oui, maman.

— Oui maman quoi ?

— Oui, maman, je te le promets.

— Ah Marco, Marco, je t'aime tellement !

— Katou Chatou peut dormir avec moi ?

— D'accord, juste pour ce soir. Mais tu devrais donner à ton chien un nom permanent.

— Pourquoi ?

— Imagine si demain je t'appelais Albert et après-demain, Mathieu ou Kevin. Tu ne pourrais plus savoir si c'est à toi que je m'adresse.

— Ah, je n'y avais pas pensé.

On dirait que mes mots sont malades

Ça ne va pas, Marco ? Pourquoi tu ne vas pas rejoindre les autres à la récréation ?

— Je n'ai pas envie, Mélanie.

— C'est à cause de ton plâtre ?

— Lucas a dit que je ressemblais à Frankenstein.

— Il ne le pensait pas.

— Manuel a dit que j'avais un bras de momie.

— Tu sais bien que ce n'est pas vrai.

— Je le sais.

— Ils te taquinent.

— Je le sais. Ça ne me dérange pas.

— Alors pourquoi tu ne vas pas jouer avec eux ?

— Je n'ai pas envie.

— Pauvre Marco !

— Mélanie, regarde mon cahier d'écriture : on dirait que mes mots sont malades.

— C'est parce que tu as écrit avec ta main gauche. Quand on va enlever ton plâtre, tu vas pouvoir de nouveau écrire avec ta main droite.

— Mais pourquoi ma main gauche n'écrit pas comme ma main droite ? Il y a peut-être une autre personne dans mon corps ?

— Pas du tout. Tiens, donne-moi ton crayon. Je vais dessiner un beau soleil sur ton plâtre.

— C'est vrai qu'il est beau.

Essaie à ton tour.
Avec ma main gauche ? Je ne sais même pas dessiner avec ma main droite !
Dessine mon visage.
Trop difficile.
Essaie, veux-tu ?

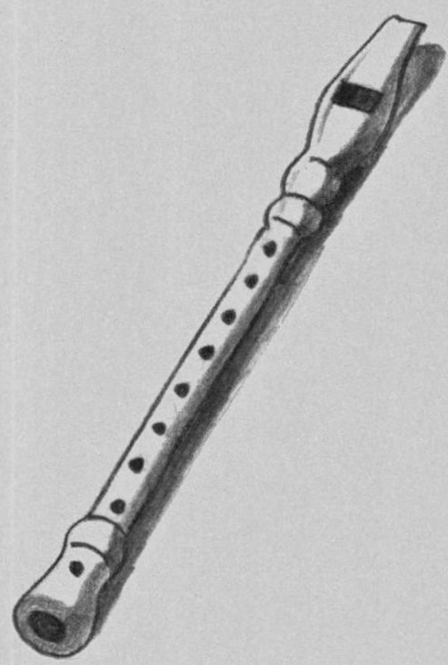

Pourquoi ta voix est devenue toute petite tout à coup ?

Ma marraine Agathe m'a appelé au téléphone. Elle va venir me voir demain. Elle m'a dit qu'elle va m'offrir un cadeau.
C'est quoi, c'est quoi ?

— Tu le verras demain.

— Non, dis-le-moi tout de suite. C'est quoi ?

— Une flûte.

— Une flûte ?

— Oui, Marco. Quand j'avais ton âge, je savais déjà jouer plusieurs airs de musique à la flûte. Comme *Le bon roi Dagobert a mis sa culotte à l'envers…* ou comme *Frère Jacques, frère Jacques, dormez-vous, dormez-vous…* Je vais te montrer comment jouer demain. Tu vas voir, c'est très facile. Tu vas commencer par pratiquer la gamme : do ré mi fa…

— … mais marraine Agathe…

— … sol la si do ! Chante avec moi : do ré mi fa… Je ne t'entends pas, Marco. Allez, chante avec moi !

— …

— Tu es là, Marco ?

— Oui, je suis là.

— Pourquoi ta voix est devenue toute petite tout à coup ?

— Mais marraine Agathe, je ne pourrai pas jouer de la flûte avec toi demain.

— Pourquoi, mon petit Marco ?

— Tu as oublié que j'ai un bras…

— … dans le plâtre ! Que je suis bête ! Mais oui ! Pauvre chou ! Excuse-moi, j'avoue que je n'y ai pas pensé du tout. Ta mère me l'avait pourtant répété plusieurs fois. Flûte alors !

Ma marraine Agathe, le lendemain, m'a offert à la place une boîte de chocolat. J'étais content. Mais ce n'est pas les chocolats qui m'ont rendu le plus heureux. Quand ma marraine Agathe a vu mon plâtre, elle s'est mise à pleurer.

Pourquoi tu pleures ?
Parce que c’est beau.
Quoi ?

— Ton plâtre. Qui a fait ça ?

— Les dessins ?

— Oui.

— Ma main gauche.

— C'est toi qui as fait tous ces dessins ? Incroyable !

— Ah bon.

— Les couleurs sont magnifiques. Mais qu'est-ce que c'est ?

— Des extraterrestres.

— Ah bon.

— Oui, marraine. J'ai dessiné toute une famille d'extraterrestres.

— Ils sont nombreux.

— Tu ne savais pas qu'un enfant, chez eux, a sept pères et sept mères ?

— Pas vraiment, Marco.

— Et j'ai aussi dessiné leurs chiens qui changent de couleur chaque jour. Tu vois, j'en ai fait des rouges, des bleus, des jaunes.

— Quel talent ! Tu as transformé ton plâtre en œuvre d'art.

— En œuvre d'or ?

— D'art, Marco. C'est encore mieux.

Tu devrais frapper à ma porte avant d'entrer dans ma chambre

CRAYONS
À COLORIER

Marco.
Quoi, maman ?
Qu'est-ce que tu fais dans ta chambre ?
Rien.

— Je ne te crois pas. Il est tard, dors.

— Tout de suite.

— Éteins la lumière.

— Dans deux secondes.

— Ton père va se fâcher.

— Papa ne se fâche jamais.

— Ah non ?

— Papa !

Marco, n’attends pas justement que je me fâche !

Tu devrais frapper à ma porte avant d'entrer dans ma chambre.
Depuis quand je dois frapper à ta porte ?
Depuis maintenant.
Tu es encore en train de dessiner sur les murs.
Tu m'as donné la permission.
CRAYON

— Oui mais pas 24 heures sur 24. Et seulement sur un mur.

— Je n'avais plus de place.

— Marco, Marco, tu deviens impossible. Tu dois apprendre à te maîtriser.

— Mais je ne fais plus de reportages !

— Tu fais des dessins sans arrêt à la place !

— C'est mieux, non ?

— Je ne crois pas.

— Marraine Agathe a dit que j'ai du talent.

— C'est vrai. Mais tu as aussi de l'école.

— Tu as vu, mes nouveaux dessins racontent une histoire. Tu veux que je te la raconte ?

— Je n'ai pas envie d'écouter une histoire d'extraterrestres.

— Non, cette fois-ci, j'ai dessiné autre chose. Dis oui, papa.

— Pas question.

— Dis oui !

— Tu vas te coucher après ?

— Juré !

Tu as deux minutes !
Mon histoire s'appelle *Le nom permanent.*

le nom permanent

Quand Marco est revenu de l'hôpital avec son bras cassé dans un grand sac, son amie Gina lui a dit :

— Tu sais quoi ?

— Non, je ne sais pas.

— On devrait enterrer ton bras cassé.

— Pourquoi ?

— Parce qu'il est mort.

— Tu as raison, Gina.

Marco a placé son bras cassé dans une boîte de chaussures qu'il a trouvée dans la cave de sa maison.

Dans la boîte, il y avait un sac rempli de lettres. Des lettres aimantées en plastique et de différentes couleurs. Des lettres qu'on peut coller sur un frigo en formant des mots !

Marco a fourré les lettres dans ses poches.

Puis il est parti dans la forêt avec ses amis et son chien, la boîte de chaussures sous le bras qu'il lui restait.

Avec l'aide de ses amis, Marco a creusé un trou au pied d'un immense érable. Ses feuilles étaient rouges, jaunes et bleues ! Il a ouvert la boîte de chaussures et tout le monde a regardé pour la dernière fois son bras cassé.

Adieu, bras cassé !

Puis Marco a placé la boîte de chaussures dans le trou. Quand la boîte a été recouverte de terre, il a dit à ses amis :

— Maintenant, il faut trouver un nom permanent à mon chien.

— OK, ont dit ses amis, c'est une excellente idée !

— Chacun d'entre nous doit offrir une lettre qui appartient à son nom.

— Moi, je donne mon L, a dit Lucas.

— Moi, je veux donner deux lettres ! a crié Gina.

— Vous pouvez en donner trois si vous voulez, a expliqué Marco.

— Je donne I et N, a dit Gina en riant.

— Et moi, E, a dit Eliot en riant plus fort.

— Et moi, M, a dit Manuel en riant encore plus fort.

— Et toi, qu'est-ce que tu donnes ? ont demandé ses amis à Marco.

— R !

Marco a sorti de ses poches les lettres en plastique.

Il a enterré à des endroits différents les six lettres choisies. Puis il a crié à son chien :

Va chercher les lettres !
Va chercher les lettres !

Le chien a déterré en premier le M rouge.

— Va chercher les autres lettres ! a crié Marco.

— Oui ! Oui ! Va chercher les autres lettres ! ont crié en chœur ses amis.

Le chien a ramené dans sa gueule le E noir,

puis le R vert,

le L jaune,

le I blanc et

finalement, le N rose !

MERLIN
... ont tous lu avec étonnement Marco et ses amis.

C'est alors que le chien de Marco s'est levé
sur ses deux pattes et a dit :

« Oui, je suis Merlin l'Enchanteur. Je voyage pour l'instant dans le corps de ton chien, Marco. C'est très agréable. Tu es un gentil garçon. Ton papa doit être très fier de toi. Et ta maman aussi, j'en suis certain. Ils doivent aussi être très heureux que tu dessines si bien sur les murs de ta chambre. Tous les parents du monde aimeraient avoir un enfant comme toi. Pour te remercier, et pour que tu puisses dessiner aussi avec ta main droite, je vais te redonner ton bras droit. »

Merlin le chien a alors toussé trois fois, comme s'il crachait un petit os de poulet, et soudainement le bras droit de Marco s'est mis à repousser.

Quand les cinq doigts de sa nouvelle main se sont ouverts comme une fleur, l'immense érable a applaudi avec toutes ses feuilles multicolores. Et les amis de Marco aussi !

Comment tu trouves mon histoire, papa ?

FIN

Achevé d’imprimer au Canada en janvier deux mille dix-huit sur les presses de Marquis Imprimeur.